夏の日

Un jour d'Eté

8 petits poèmes

白鳥 博康
Hiroyasu Shiratori

Illustration
もとやま まさこ
Masako Motoyama

銀の鈴社

・—・ ・——・ ・ ・—— ——・ ・—

Un jour d'Eté

TABLE

I

夏の日 —— 4 —— *Un jour d'Eté*

sandwich —— 22 —— *sandwich*

衣裳祭 —— 36 —— *La Fête du Costume*

ラトラップ・クー —— 48 —— *L'attrape-cœurs*

さくら、さくら —— 64 —— *Une mer de pétales roses*

II

おきつしらなみ —— 78 —— *Sur une vague blanche*

コスモス —— 88 —— *κόσμος*

月の上の紅茶 —— 102 —— *La lune et le thé*

夏の日
Un jour d'Eté

「先生、幸福つてどんなことですの？」
と、あの方を少しからかふやうな調子で
問ひかける人があつた。
あの方は常になくきつい目色で
その人をみながら、
「そんなこと、御自分に聞いて御覧なさい。」
とおつしやつた。

川端康成「朝雲」

「うつくしいものが　しりたいの」

水兵服の少女が言いました。

だから、私たちは列車に乗って、
となりの国の王宮に行きました。

王宮の壁は真っ白で、
顔立ちの整った衛兵たちの軍服も真っ白でした。
青い空に、王様が王宮にいることを示す、
赤と白の旗が堂々とひるがえっています。

「きれいだけれど　うつくしくないわ」

彼女は言いました。

だから、私たちはバスにゆられて、
私の国の美術館に行きました。

美術館は、この辺りの領主のお屋敷だったところで、
あざやかな色の絵が、たくさんかけてあります。
見事な細工の調度品も、あの頃のままです。

「すてきだけれど　うつくしくないわ」

彼女は言いました。

それから、私たちは、街の中心にある市場へ
行きました。

市場には、みずみずしい果物や野菜が、
ところせましと並べられています。
透明な氷の上に置かれた魚は、今にも動き出しそうです。

アイスクリームを買って、私たちはパラソルの陰に
座りました。

「とても　とても　かわいらしい　いろね」
彼女は言いました。

まったく手をつけなかったアイスクリームは、
カップの中で、ミントとベリーとチョコレートの、
マーブル模様になっていました。

そうして、海辺の道を歩いていると、
突然ひどい雨が降り出したので、私たちはすぐ傍の
カフェに入りました。
ヴァカンスの時期にはまだ少し早いので、
お店には他に誰もいませんでした。

私たちは、ひさしのついたテラス席で、
鉱泉水を飲みながら、ざあざあという雨の音を聞き、
暗くうねる海を、ただながめていました。
「もう　あめはあがるよ」

彼女は言いました。

ほどなく、雨雲の間から光がさしはじめました。

そうして、私たちは、歩いて、丘の上にある、
大昔の劇場の跡に行きました。

石造りの劇場は、ほとんど朽ち果てていましたが、
所々に腰掛けや舞台のなごりがあります。

夏の日は、もう暮れかかっていて、
建物も、私たちもオレンジ色に染まり、
丘の上から見える海は、
とても懐かしくて、悲しい色をしていました。

彼女は腰掛けの石に手をあてたまま、
目を閉じて、じっと何かを考えているようでしたが、
私が彼女の手に触れると
「いしが　あたたかくて　いきているみたい」
と言って、私を見つめました。

翌朝、私たちは、海に行きました。

空は、どんより曇っていましたが、
潮風は心地よく、私たちは並んで座ったまま、
海を眺めていました。

どれくらい、そうしていたでしょう。

雲の間から太陽の光が静かに射し込み、針の雨が
降りはじめて、海がきらきら、真っ白になりました。

私が、水面（みなも）のかがやきに見とれていると、彼女は立ち上がり、私に三回のビズをしました。

"Merci（ありがと） Maman（ママ）. Mais（でも）, Il（わたし） faut（もう） que j'y aille（いかないと）."

そう言うと、彼女は海の方に、
ゆっくりと、こちらを振り返らずに、歩いていきました。

だから、私は、彼女の姿が見えなくなるまで、
ずっとずっと、海を見ていました。

彼女のビズのぬくもりが、
永遠のような気がして、
てのひらをほほにあてると、
冷たいしずくが指先を流れて、
浜辺の小石に落ちました。

海は、ゆっくりと、
いつもの青さを取り戻しつつあります。

Fin.

sandwich

カーテンをあけると、外は真っ白だった。
一晩中降り続いた雪は、たくさん積もっていて、
私はブーツをはいて外に出た。

しんとした世界。
まだ誰もいない広場、誰も歩いていない道に、
足跡をつけながら、朝早く店をあけるカフェにむかった。

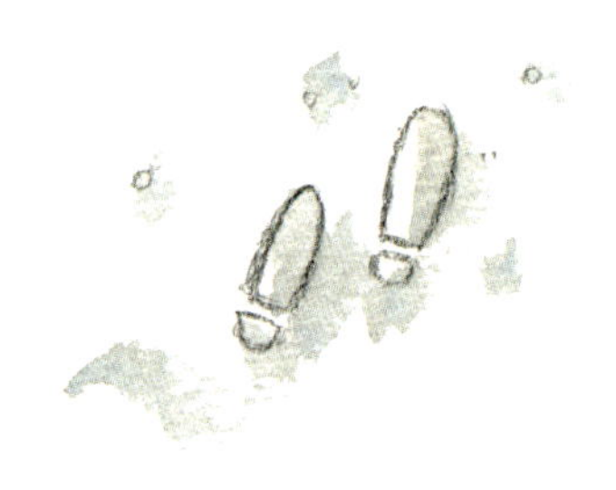

カウンターでコーヒーとサンドイッチを受けとって、
外の景色がよく見える大きな窓のある席に座ると、
タバコに火をつけた。
一晩眠れなかった体は、とてもだるかった。

雪がまた降り始めて、外には誰もいなかった。

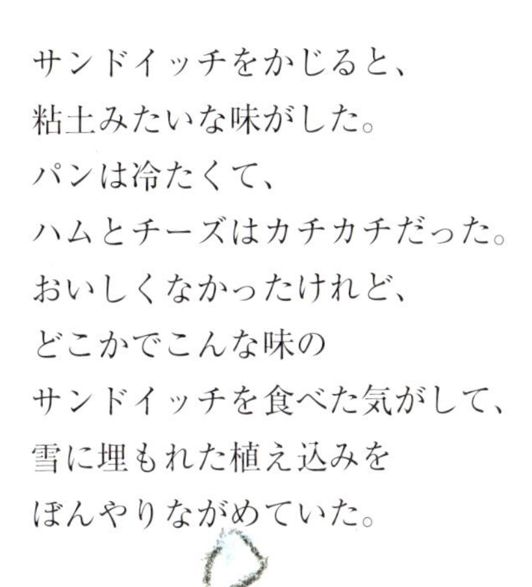

サンドイッチをかじると、
粘土みたいな味がした。
パンは冷たくて、
ハムとチーズはカチカチだった。
おいしくなかったけれど、
どこかでこんな味の
サンドイッチを食べた気がして、
雪に埋もれた植え込みを
ぼんやりながめていた。

雪が舞い上がって、
静かに窓をたたいている。
この辺りでは、
雪なんて滅多に降らない。

いつかパリにいたとき、やっぱり大雪が降った。
新聞に大きく「凍えるパリ」と書かれていたのを、
今でも覚えている。
バスも列車も飛行機も遅れ気味で、
それでも飛行機に乗らなければいけない用事があって、
なんとかたどりついた空港のカフェで、
私は時間をつぶしていた。
そのときのサンドイッチも、
粘土みたいな味がしたような気がする。
なんで、おいしくなかったんだろう。

とりあえず出国審査を済ませようと、
荷物をもって、ふらふら歩きだした。
出国ゲートは意外とすいていたから、
並ぶのが嫌いな私は少しほっとした。

ゲートから少し離れたところに、女の人が立っていた。

彼女は、ゲートの向こうを
真っ直ぐ見つめていた。
スミレ色の大きな瞳から、
涙がこぼれている。
でも彼女は、自分が泣いていることに
気がついていないのかもしれない。
涙を拭おうともしないで、
ただゲートの向こうだけを見つめていた。

パン屋さんは、あいているかな。

私はタバコの火を消すと、席を立った。

———サンドイッチをつくろう

———焼きたてのパンを買って帰ろう

窓の外は真っ白で、雪は静かに窓をたたき続けている。

衣裳祭（いしょうまつり）

La Fête du Costume

カマルグ式の
闘牛は
けっして牛を
あやめない
ツノに巻かれた
黄色いリボン
さいしょにとるのは
だれかしら

路地を走る

いりくんだ路地を走る

ぼんやり光るオレンジ色の

二羽の蝶々を追いかける

いかなければ

おいかけなければ

なぜ？

なぜ？

なんどもみるゆめ

みるたびになみだがながれるゆめ

太陽があかあかと照りつける夜の八時。

大昔のアレーナを出た私は、近くにあるカフェの
テラスにおちついた。

この街でむかえる三日目の夜。

氷の浮かんだロゼワインのグラスをながめながら、
心は闘牛のざわめきから離れられずにいた。

明日は、衣裳祭。

フロックコートにトップハット、
ステッキをついた三人の男の人たちが
隣のテーブルについて、ロゼワインの
ボトルをまんなかに、
おしゃべりをはじめた。

今夜は、たいまつ行列。

いろとりどりのローブに
日傘をさした女の人たちが、
目の前を通りすぎて、どこかへ歩いていく。

衣(きぬ)ずれのおとが、さわさわと心地よくて、
太陽は傾きはじめていた。

なんとなくテラスの脇の小路をみると、
二人の女の子が遊んでいて、彼女たちは双子みたいに
そっくりだった。

くろいブラウスに、うす桃色でおそろいのスカート、
レースのついたショールと髪飾りは真っ白で、
そのかわいらしい衣裳の名前を、私は知らない。

どうしてだろう、
私は女の子たちから
目がはなせなくなった。

彼女たちも、
私のことに気がついた。

二人はひそひそ話しあってから、
楽しそうな声で私に言った。
「こっちに来て！」

私はどうしても
行かなければならない気がして、
テーブルの上にコインを置くと
カフェを出た。

女の子たちは、じゃれあいながら、
駆け足で入りくんだ路地を進んでいく。

あたりがだんだん暗くなってきた。

やわらかいオレンジ色の
街灯にてらされた白い髪飾りが、
蝶々みたいにふわふわ揺れる。

どこかでみた…

ゆめでみた…

二羽の…

オレンジ色の蝶々…

わたしはいま
おきているのか　ねむっているのか
わからなくなった。

墓地に続く小さな林の小路のあたりで、
とうとう二人を見失った。

女の子たちのことは気がかりだけれど、
灯りもほとんどなくて、少しこわくなった。

そのとき
はっきりと
二羽の
オレンジ色の
蝶々が
とんでいるのをみた

むねがドキドキする。

二羽の蝶々は
くるくる輪をかいてとびながら
はらはらくずれると
きえてしまった

蝶々がきえたところに誰かいる。

女の人だ。

くるしんでいる。

「だれか！だれかいませんか！」

私は大きな声でさけびつづけた。

「救急車をよんでください！　はやく！はやく！はやく‼」

女の人は救急車に運び込まれた。

そうして、泣き声がきこえた。

私はただ、ぼんやりそこに立ちつづけていた。

救急隊の男の人が、私にはなしかけてきた。

「お手柄でしたね
　　　　　　マドモアゼル。
べべたちとお母さん、
みんな無事ですよ」

遠くから、たいまつ行列の太鼓と、
ラッパの音が、きこえてくる。

わたしはいま
おきているのか　ねむっているのか。

Fin.

ラトラップ・クー

L'attrape-cœurs

Avectoi

新しい女王がうまれる。

夏の空は青くて、太陽は高くかがやいている。

大昔の劇場には、たくさんの人たちが
集まっていた。

舞台の上に立った真っ白なローブの女王が、
この国の昔の言葉で話しはじめた。
しずかなやさしい声が、あたりにひびく。

真っ白なローブは女王のしるし。
女王になるためには、昔の言葉が話せなければ
ならない。

少し眠くなって、横を向いてあくびを
かみころした時、隣にいた女の人と
目があった。

「あなた、昔の言葉がわかるの？」
彼女は小さな声で私に聞いた。
「ぜんぜん、わからないわ」
「私もわからないの。私たち女王にはなれないわね」
そうして、二人で小さく笑った。

青いローブの新しい女王が舞台に上がり、
真っ白なローブの女王と抱きあって
三回のビズをすると、
たくさんの人がよろこびの声をあげ、
手をうちならす音がとどろく。
石造りの大きな劇場はふるえて、
女王たちの頬は涙でぬれていた。

「ねぇ、丘の上の古いお城はもう見た？」
彼女は大きな声で私に聞いた。
「いいえ、まだ」
「このあと、時間があればいっしょに
行かない？つれてってあげる」
私は少しとまどったけれど、大きな声で
「おねがい」
と、こたえた。

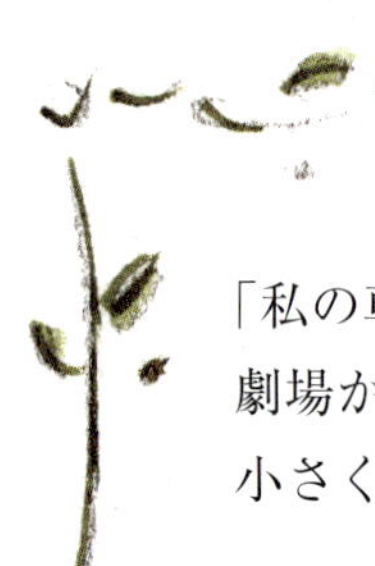

「私の車よ。乗って」
劇場から少し離れた小路に、
小さくて赤い車があった。

「すてきな車ね」
助手席に座りながら私は言った。
「かわいいでしょ。少し古いけど、気にいってるの」

運転席に座った彼女は、野いちごの香りがした。

エンジンの音がやわらかくて、
わくわくする。

私たちの車は、いくつかの小路を通り、
大通りを過ぎて、城門をぬけた。

「のど、かわいてない？」
彼女はそう言いながら、座席の後ろの紙袋から
鉱泉水のビンをとりだして、私にくれた。
一口飲むと、炭酸がさわさわして、
気持ちがしっかりした。
「私にも」
彼女に手渡すと、運転しながら一口飲んで、
ビンはもう一度私のところにかえってきた。

「リンゴ、たべる？」
彼女はそう言いながら、足下の紙袋から
あおくて小さなリンゴをとりだして、私にくれた。

「なんでもあるのね、この車の中に」
「そう、なんでもあるのよ」
そうして、二人で楽しく笑った。

リンゴを一口かじると甘酸っぱくて、
あけはなした窓の涼しい風もおいしかった。

オリーブ畑のあいだの道を進んでいくと、
遠くに白い岩山が見えて、いただきに白い
お城があった。

山の所々にオレンジ色の屋根が
へばりついている。

「小さな村よ。昔はボーキサイトが
たくさんとれたみたいだけど」

山はだんだん大きくなって、車は
急な坂道を登りつづけてから、
村の入口にあるカフェの横にとまった。

「この坂を登っていくとお城があるの。
私、足が悪くて坂が登れないから、ここで
待ってるわ」
私は少し驚いて、なんと言っていいのか
わからなかった。
「ごめんなさい、でも、ありがとう」
「気にしないで、ゆっくり見てきて。私のぶんもね」

車をおりた私は、
白くて長い坂道をのぼりはじめた。

石だたみの坂道は、
思ったよりも山道だった。

日ざしがつよくて、あせがながれる。

白い道をのぼりつづけると、
白いお城にたどりついた。
でも、たぶん、ただしくは、
白いお城があったところ。

キッチンにダイニング、
きっとたくさんの人が集まったホールは、
もうあとかたもなくなっていた。

だけど、くずれかけたお城に、
かなしさとか、さびしさはなくて、
日向でまどろむ年をとった犬みたいに、
あたたかだった。

丘のいちばん高いところまでのぼると、
さえぎるものがなかった。

ミストラル！

帽子がとばされそうになって、
髪がはたはたした。

きりたった白い山のすそに、
あざやかな緑のオリーブ畑が
ひろがっている。

ゲラを先読みした 読者の方々から

「本のたんじょうに たちあおう」

~読んで感じたこと~

いくつかの物語があって、それぞれの主人公の気持ちや思いなど感じられます。また、物語によってさまざまな季節感を感じることができ、大人でも十分楽しめるとおもいました。

——(P.N. 少年)

一言でいうと「不思議」です。
じっくり読んでいくとなんだかこの世界に魅き込まれていきます。
「もう一度読みたい」と感じてしまう、不思議な魅力のお話たちでした。

——(P.N. SHIROウサギ)

※上記は寄せられた感想の一部です※

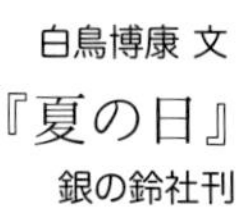

白鳥博康 文
『夏の日』
銀の鈴社刊

読者と著者を直接つなぐ

刊行前の校正刷り（ゲラ）を読んだ、「あなたの声」を一緒にお届けします！

★ 新刊モニター募集 （登録無料）★

普段は読むことのできない、刊行前の校正刷りを特別に公開！

登録のURLはこちら ▶ http://goo.gl/forms/rHuHJRiOKL

Facebookからは、以下のURLより
「銀の鈴社 新刊モニター会員専用グループ」へ
https://www.facebook.com/groups/1595090714043939/

1）**ゲラを読む** 【ゲラ】とは？……本になる前の校正刷りのこと。

2）**感想などを書く**

3）**このハガキに掲載されるかも!?**

4）**参加希望者の中から抽選で、詩人や関係者とのPodcast収録にご招待**

「Podcast（ポッドキャスト）」とは？ ……………………………
インターネット上で音声や動画のデータファイルを公開する方法の1つ。
オーディオやビデオでのブログとして位置付けられている。
インターネットラジオ・インターネットテレビの一種。

ご愛読いただきまして、ありがとうございます

今後の参考と出版の励みとさせていただきます。
(著者へも転送します)

◆ 本書へのご意見・ご感想をお聞かせください

◆ 著者:白鳥博康さんへのメッセージをお願いいたします

※お寄せいただいたご感想はお名前を伏せて本のカタログや
ホームページ上で使わせていただくことがございます。予めご了承ください。

▼ご希望に✓してください。資料をお送りいたします。▼

本のカタログ □野の花アートカタログ □個人出版 □ 詩・絵画作品の応募要項

郵便はがき

248-0005

神奈川県鎌倉市雪ノ下3-8-33

㈱ 銀の鈴社

『夏の日』

担当 行

下記個人情報につきましては、お客様のご意見・ご要望への回答ならびに銀の鈴社書籍・サービス向上のために活用させていただきます。なお、頂きました情報につきましては、個人情報保護法に基づく弊社プライバシーポリシーを遵守のうえ、厳重にお取り扱い致します。

ふりがな	お誕生日
お名前 （男・女）	年　　月　　日
ご住所 （〒　　　　　　　　） TEL	
E-mail	

☆ **この本をどうしてお知りになりましたか?** （□に✓をしてください）

□ 書店で　□ ネットで　□ 新聞、雑誌で（掲載誌名：　　　　　　　　）

□ 知人から　□ 著者から　□ その他（　　　　　　　　）

★ Amazonでご購入のお客様へ　おねがい★

本書レビューをお願いいたします。

読み終わった今の新鮮な気持ちが多くの人たちに伝わりますように。

そうして

わたしのむねで

なにかがはじけ

こころのなかに

なつかしさがあふれた

「こっちよ」
日陰になったカフェのテラスに
彼女は座っていた。

「どうだった？」
「とても、とても美しかった。私、
ここに来られてよかった。
連れてきてくれて、本当にありがとう」
「なんでもないのよ。
私もあのお城、気に入ってるから。
あなたも気に入ってくれて、
本当によかったわ」

「何をのんでるの？」
ガラスのコップはエメラルド色に
みたされていた。
「シロ・ドゥ・ロ。ためしてみる？」
一口飲むと、
甘くて苦くて冷たかった。

「小さいころ絵本でみた、
魔女の飲み物みたい」
彼女は「ふふふ」と笑うと
「じゃあこれから、魔女の隠れ家に
つれてってあげる」
と言った。

私たちの車は、白くて急な坂道を
くだると、並木道を通り、オリーブ畑の
間をぬけて、小さな林の大きな木の
かげにとまった。

「ようこそ魔女の隠れ家へ」
そう言うと彼女は、シートをたおすと、
横になって目をとじた。

私もシートをたおして、目をとじた。

「聞いて。この国の音よ」

風の音、オリーブの葉がふれあう音。
しずかに、しずかに、
セミの声がひびいている。

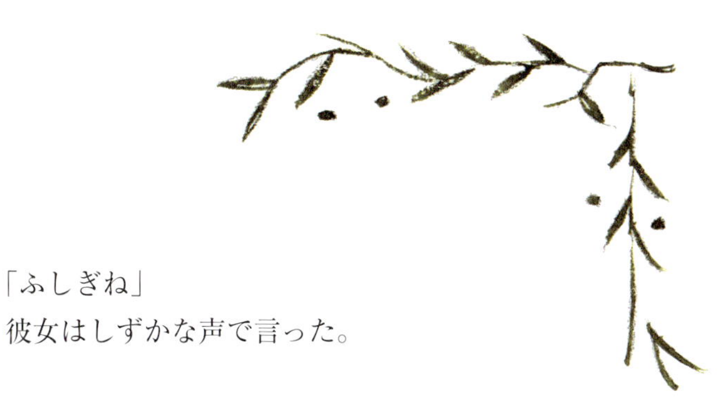

「ふしぎね」
彼女はしずかな声で言った。

「私たち、さっきあったばかりなのに、
もうずっと、ずっと、友達でいたみたい」
「ふしぎね、私もずっと、ずっと、
そう思ってたの」

そうして、二人でしずかに笑った。

涼しい風がとおりぬけていく。

私は少し眠くなった。

オレンジ色の灯りが目立ちはじめる頃、
私たちの車は、城門をくぐり、
大通りを過ぎて、いくつかの小路を通り、
大昔の劇場の前にとまった。

「今日は本当にありがとう。楽しかったわ」
「私も。ひさしぶりに楽しかった」
私は車をおりると、運転席の彼女に
三回のビズをした。
「じゃあね、よい旅を」
「うん、あなたもよい夜を」

小さくて赤い車は、
劇場のかどをまがると、
すぐにみえなくなった。

夜の風は冷たくて、
私の首すじから野いちごのかおり。

明日はきっと、あつくなる気がした。

Fin.

さくら、さくら

Une mer de pétales roses

『君は本当に運がいい。
今この国は、いっとう美しい季節を
迎えたのだから』

なにから話せばいいのかしらね。

あの頃の私は、なんにもわかっていなくて、
もちろん今も、
わからないことの方が多いのだけれど。

丘の上にさくらがあったの。
とても、大きなさくら。
それで、どうしても近くで見たくなって、
こっそりホテルをぬけだしたのよ。
パパとママにみつからないように。

さくらの下に、あの人は立っていたわ。
あの人をはじめて見たとき思ったの、
きっと、さくらの精だって。

くろくてながい髪。
ボルドーの袴。
とても、とても、うつくしい人。

「そんなところに隠れてないで、
こっちにいらっしゃい」

「こんにちは。あなた、
わたしの国のことばがわかるのね」

「そうよ、勉強したの」

「あなた、妖精？」

「どうして？」

「とても、とても、うつくしいから」

「ありがとう。けれども、私、人間よ」

「なにをしているの？」

「うみを、みているの」

「どうして？　あなたのとなりに、
こんなにきれいな花があるのに」

「あなた、この花のこと、
　　　　ほんとうに、ほんとうに、きれいだと思って？」

「思うわ。サクラっていうのよね。
わたし、この色がすき。とてもサンシブルだと思うの」

「そうね。でも、あなた知っていて？
サクラの下には、しかばねがうまっているのよ」

「ほんとうに？」

「どうかしら。この国では、むかしからそういうの」

「ふしぎな国ね」

「海の底にだって、鋼（はがね）の塊（かたまり）がしずんでいるのよ。
サクラの下にしかばねがあっても、
おかしくないわ」

「でも、わたし、
こんなにきれいな花の下に
うめられるのなら、
きっと、うれしいわ」

「きれいな花がなくなってしまったら、
あなたは、ひとりぼっちよ」

「こんなにきれいな花がなくなるなんて、
考えられないわ」

「そう、私も、考えたくないけれど。
でも、きっと、
わすれられて、
なくなってしまう、
あっという間に」

「だから、あなたは
そんなに悲しそうなのね」

「いいえ、悲しさではないわ。
でも、ことばがみつからないの」

「風が、つよくなってきたわ。
さぁ、もうお戻りなさい、
暗くなるまえに」

あの人はそう言ったけれど、
私はもう少しさくらの下に、
いいえ、
あの人のそばにいたかった。

だから、かえり道は、
わざとゆっくり歩いていたの。

そのとき、
風船の割れたような音がきこえて、
私、いそいで、
もと来た道をひきかえしたわ。

つよい風がふいて

花びらがたくさん落ちてきて

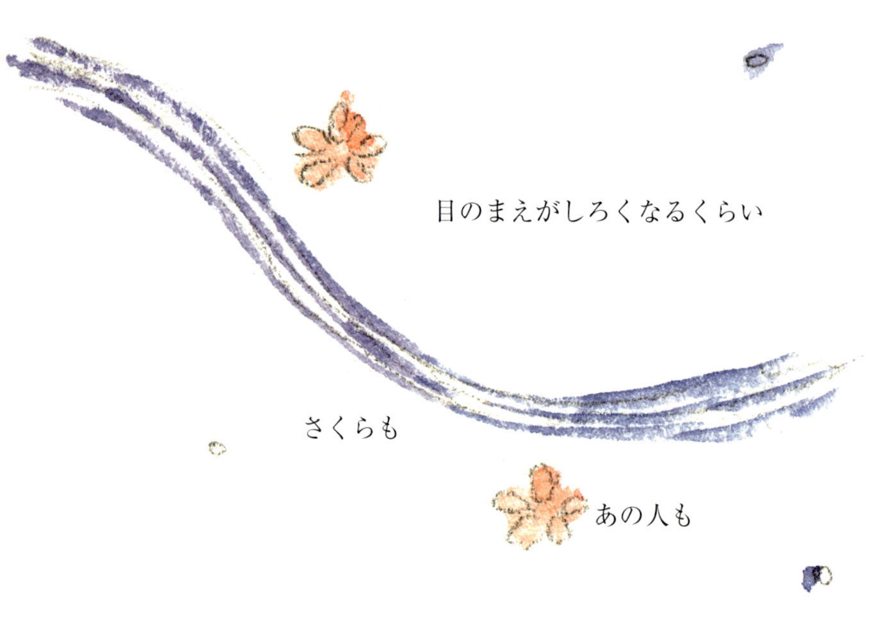

目のまえがしろくなるくらい

さくらも

あの人も

みえなくなるくらい

あの人のこと、わかるような気もするし
でも、やっぱりわからなくて、
もしかしたら、
ほんとうにさくらの精だったのかもしれないわ。

だって、
あの丘の上のさくらは、
なくなってしまったんですもの。

おきつしらなみ
Sur une vague blanche

あの人は、うみの絵を、たくさんかいた。

おなじしま、おなじうみばかり、たくさんかいた。

だから、私はしりたかった。

あの人がかきつづけた、うみのことを。

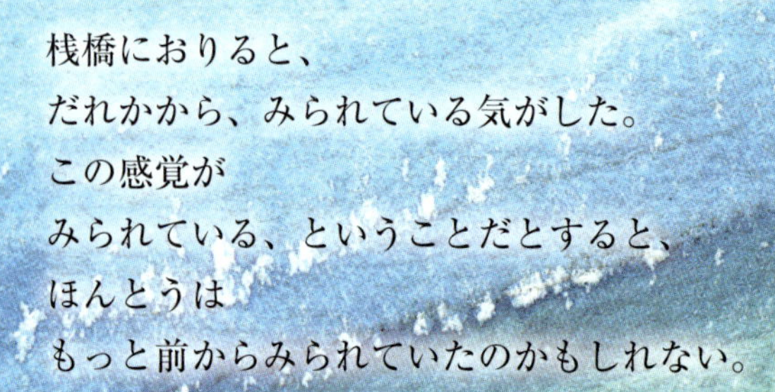

栈橋におりると、
だれかから、みられている気がした。
この感覚が
みられている、ということだとすると、
ほんとうは
もっと前からみられていたのかもしれない。

でも、
こわいとか、
そういう気持ちにはならなくて、
そんな私がふしぎだった。

島には、ひとつだけの小さなホテル。

部屋にトランクをおいてから、
ロビーをぬけて、
テラスにでた。

まだ少し、
船にゆられているようで、
あしもとがふらふらした。

テラスと海のあいだの林は、
姿のみえない鳥たちの
さえずりでみたされている。

大きな籐の椅子にすわって、
ぼんやりしていると、
杖をついたおばあさんがやってきて、
私のとなりの椅子にすわった。

私が「こんにちは」というと、
おばあさんも「こんにちは」といった。

見たことのない、小さな赤い鳥が飛んできて
私の椅子の、大きな背もたれにとまった。

赤い鳥は、私のことなど気にもとめず、
羽をつくろいはじめた。

みどりとしおのかおりで、
むねがいっぱいになる。

「あなた、zenはわかる？」
おばあさんは、わたしにきいた。

「ことばは、しっています。
けれど、それがどんなことなのか、
わたしにはわかりません」

「あら、あなたは、ちゃんと、わかっているじゃない。
だいじなことは、しっていることではないのよ」

そういうと、おばあさんは、
杖をカチカチつきながら
ホテルのなかにきえてしまった。

赤い鳥もとんでいってしまって、
私は、海のそばにいこうと、たちあがった。

サンダルをぬいで
すあしになると
あしさきのすなは
さらさらあたたかくて
わたしのりんかくが
はっきりしはじめた

せかいが
かたむきはじめると
あんなにあおかった
そらも
うみも
あかくなって
そうして
しろくなった

ほしがおちる

ほしがおちる

しおのかおりも
　みなみじゅうじせいも
からだにちかくて
　うっかりすると
とけそうになった

あの人の弓なら
きっと
とどきそうで

かぜはぼうぼう
みみのそばに

矢をつがえる
ほそいゆび

なみはざんざん

よせてはかえし

わたしは弓のなかの
月に
すいこまれた

しまも
すなはまも
すべて
さんごで
できているのよ

あの人のこえがきこえた

おわりも
はじまりも
みんな
おんなじ

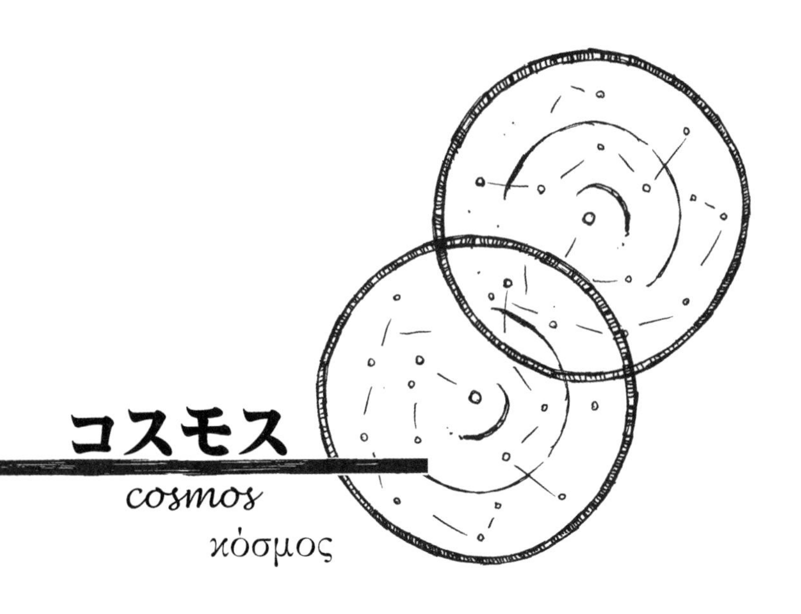

コスモス

cosmos

κόσμος

カルキノスは
大きなはさみで
いさましく
ヘラクレスに
むかっていきました

しかし
カルキノスは
あっけなくふりはらわれ
ふみつぶされてしまいました

κόσμος 1

どこまでも
ふかい
あさもやに
あって

ひたひた
ひたひた

わたしは
わたしの
サンダルの音に
おどろいた

たかい　たかい
やまのふもとは
たかいところに
ある　むらの

まっ白な　みちの
むこうから
ふるえる　こえの
きこえてくる

ぐぉんぐぉん
ぐぉんぐぉん

こえはだんだん
せまってくると
わたしのまえに
おおきなかべが
あらわれた

ゔぉん　ゔぉん
ゔぉん　ゔぉん

たかい
かべの　うえには
たくさんの
とげ

うをん　うをん
うをん　うをん

かべの　なかから
たくさんの　こえ

をんをん
をんをん

こえ　が　ひびくと

かべは　ふるえ
みみの　おくと
むねのそこが　しびれ

ひくく　ひくく
どこまでも
かねの　おとが
ひびきわたるとき

ながれる　なみだを
とどめることが
どうして
できましょうか

κόσμος 2

エピスの　かおりに
ふるいたつ　みなと

ひとと　ひとの
あいだを　ぬけて
さかを　のぼる　ゆうぐれ

タアブルの　うえの　コップの
しろくにごる　まちかど

シイシャの　ガラスの
むらさきいろの　そのなかに
しろい　くもの　たちのぼる

みなみの　くにの
くだものの　かおり
つまさきに　みちて

ラディオの　うたう
いつかの　シャンソン

わたしの　そばの
くろねこが
うんと　おおきく
のびを　するとき

おいのりの　ときをしらせる
うつくしい　こえが
わかい　おとこの
うつくしい　こえが
まちを　つつむとき

ギャルソンは　ラディオの
ボリウムを　しぼると
そのまま
みせの　おくに　きえてしまった

むらさきいろの
シイシャの　ガラスの
そのなかの
しろいくもは
くるくる　くるくる
うずを　まいて
いつまでも
おなじところを

くるくる　くるくる
くるくる　くるくる

κόσμος 3

みずの　みやこの
パラプリュイ

たいようの　くにで
ひろがる　ひろがる

あかい　ドオムの
その　したに

わたしは
いままで
ときどき
ひとり

あかい　ドオムに
あめの　ひとつぶ
はねる　はねる

ティンパニの
ねいろ

はねる　はねる

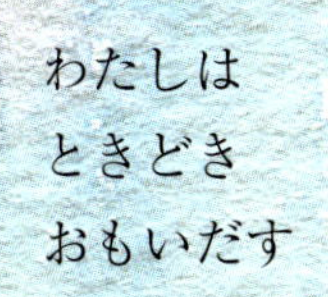

わたしは
ときどき
おもいだす

ティンパニの
ねいろ

わたしたちの
13さい　だったとき

あかい　ドオムの
その　したに

κόσμος 4

目がさめて
ちいさな窓をあけると
街のあかりがみえた

たくさんの
まぶしい
きらきらした
街のあかりは
空からみると
ビルディングが
道で　四角く
区切られていることが
よくわかった

“おうさまの　ほうせきばこ
いじわるな　おうさまの
だれにも　みせない　ほうせきばこ”

となりの席の
あなたは
窓のほうに
みを　のりだすと

“きれいね、ショコラの箱みたい”

そう言うと
また
むかしのフィルムに
もどっていった

なんどもみた
フィルムの中の
二人は
もうすぐ
離ればなれになって
それぞれに
いきていく

目の前の
小さな
テーブルに
おかれた
小さな
プラスティックの
コップは
少し残った
ヴォトカの重みに耐えかねて
いまにも
つぶれてしまいそうだった

これから
私たちの　降り立つ
街は
何色に
みえるの？

飛行機は
ゆっくり
ゆっくり
まっ黒な雲の
たちこめる
空から
はなれはじめている

月の上の紅茶
La lune et le thé

そこに
その
音が
あるべくして
あるように

しろがねの
パンくずは
こころ

あしもとの
ありかは
六分儀の
なか

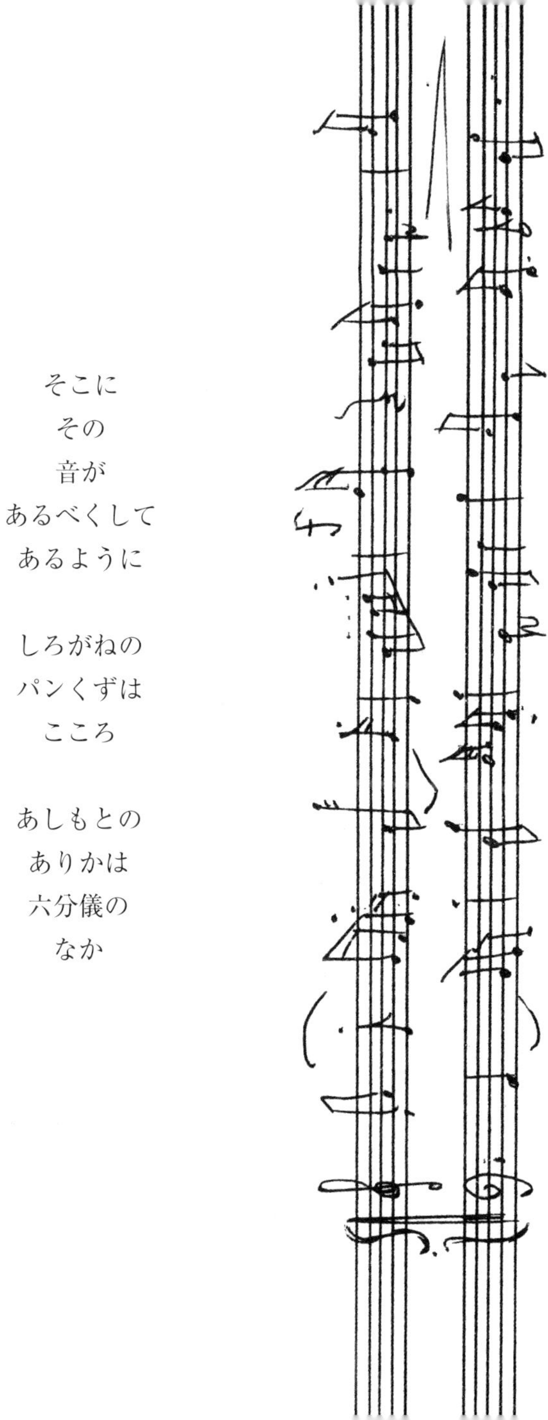

I

わたしたちは
いま
てんびんの
もとにあって

くらべたまえ
くらべたまえ

ほしの
まわる
おかの
かぜの
めがみの
みもと

はかりの
うえに
ちいさな
ちいさな
こころ
もて

くらべたまえ
くらべたまえ

かみ
なでる
おかの
かぜの
うつくしき
めがみの
みもと

てんびんの
はかりの
うえに

Ⅱ

なみの
おと
かすかに
ざざと
にじむ
あわい
すなの
ほし

つきの
うえで
あなたは
紅茶を
いれる

ふくらむ
ずきとおる
かおり

ポットも
ソーサーも
うかびあがる
ゆうべに

しろく
かがやく
銀のスプーンに

ひとすくいの
シュクルは
きっと
なにも
つなぎとめない

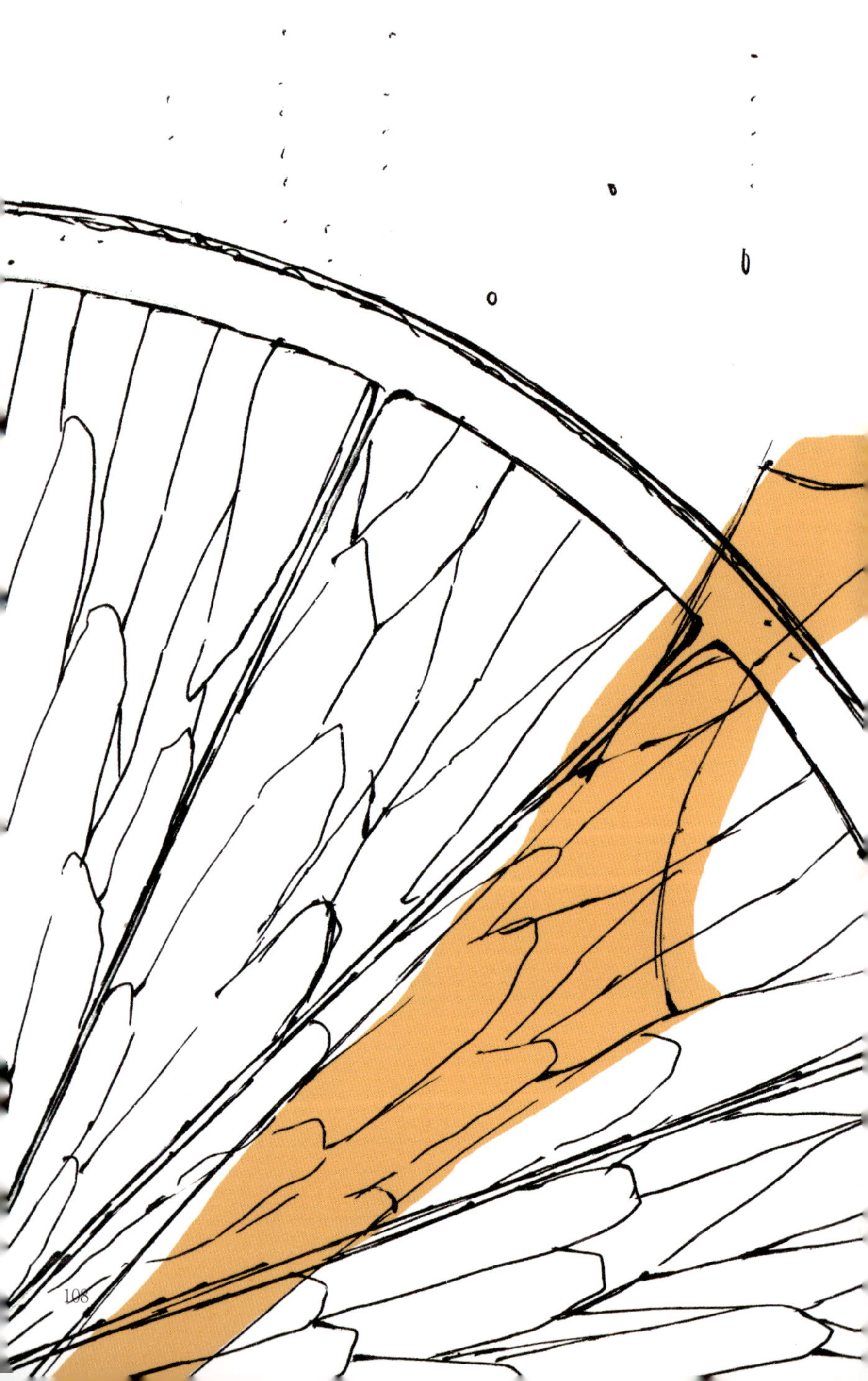

紅茶の
なかの
レモンは
おひさまの
かくれるところ

わたしは
カップに
そっと
そっと
くちをつける

“月にだって　雨はふるのよ”

あなたの
ちいさな手の
銀のスプーンの
ひとさじの
あかい
コンフィチュールの
その
くちびるに
とけていくとき

とおくの
ほうで
かみなりの
おとが
きこえました

Ⅲ

“太陽が、太陽がほしいんです。
けれど、今日も無理だった”

彼は言った。

夜のバーのテラスは、
ランプのあかりで黄色い。

“太陽がほしいんです。
毎日、毎日、太陽をつかまえようと
しているんですが
今日も駄目だった……”

彼がしゃべるたびに、
彼のあたまの大きな麦藁帽子が
ぐらぐらゆれる。

“でも、明日こそ、
必ずつかまえるつもりでいるんです”

彼は二つの大きな手のひらで、
小さな顔をごしごしこすった。

“すこし、歩きませんか？”

立ち上がった彼の体は、
とても大きかった。

薄暗い広場を横ぎって、
小さな路地をぬけると、
大きな川ぞいの道にでた。

川もは、街のあかりと、
星のあかりがおちてきて、
ゆらゆら
あかるかった。

どこからか、
ラヴェンダーの香りが
ただよってくる。
ラヴェンダーなんて、
この辺りにはないのに。

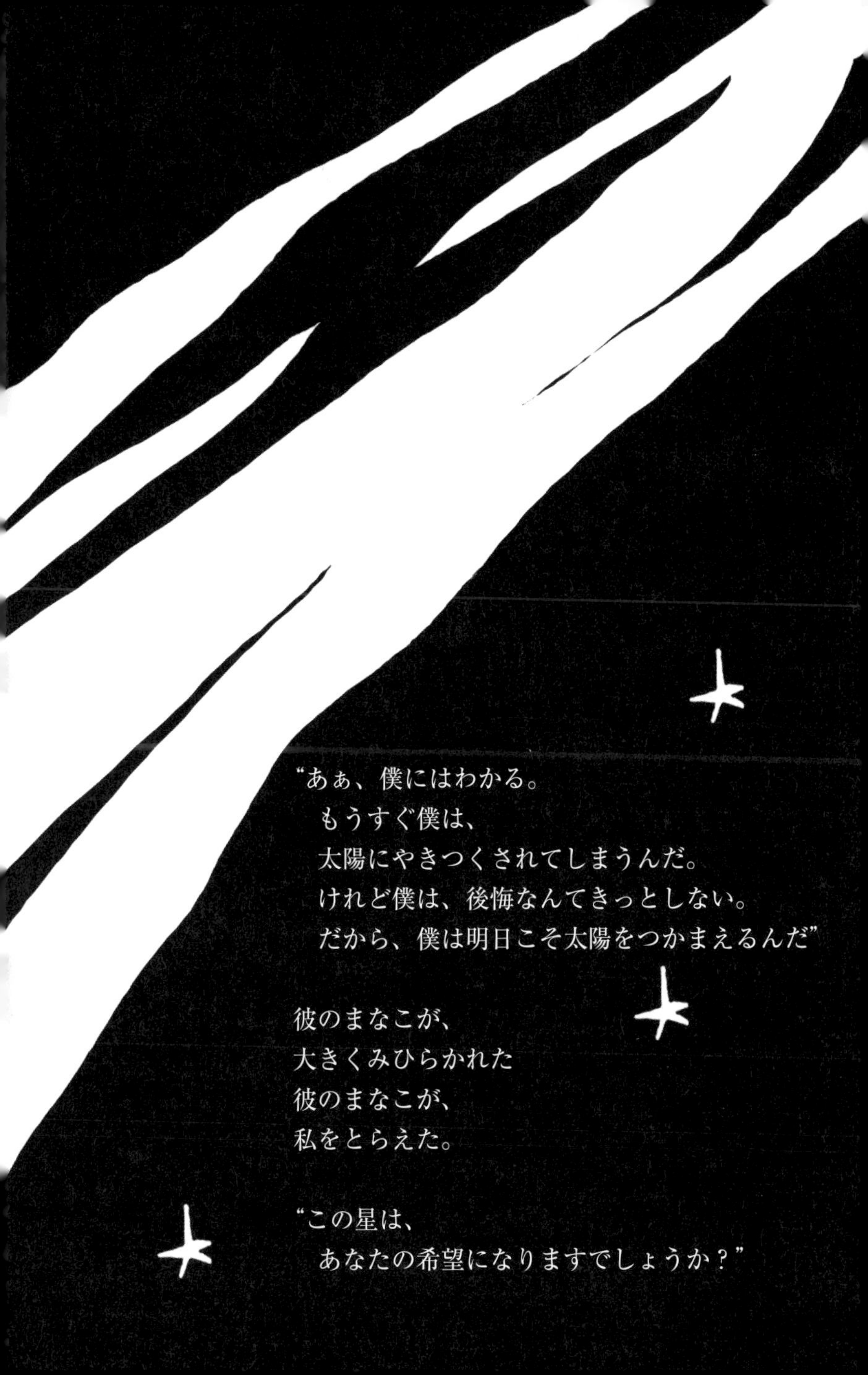

“あぁ、僕にはわかる。
　もうすぐ僕は、
　太陽にやきつくされてしまうんだ。
　けれど僕は、後悔なんてきっとしない。
　だから、僕は明日こそ太陽をつかまえるんだ”

彼のまなこが、
大きくみひらかれた
彼のまなこが、
私をとらえた。

“この星は、
　あなたの希望になりますでしょうか？”

Ⅳ

くもの
糸の
はりめぐらされた
部屋のすみに
ピアノがふたつ

山高帽の男の人が、
しろい空の
くろい星を
ながい指でなぞると
たくさんの
あおい花が
床の
あちらこちらから
あらわれた

“とても　うつくしい　花ですね”

こえを
かけたとたん
たくさんの
あおい花は
すべて
しおれてしまった

山高帽の男の人は
少し
むっとして

“私は　ナマコにだって　なれるんです”

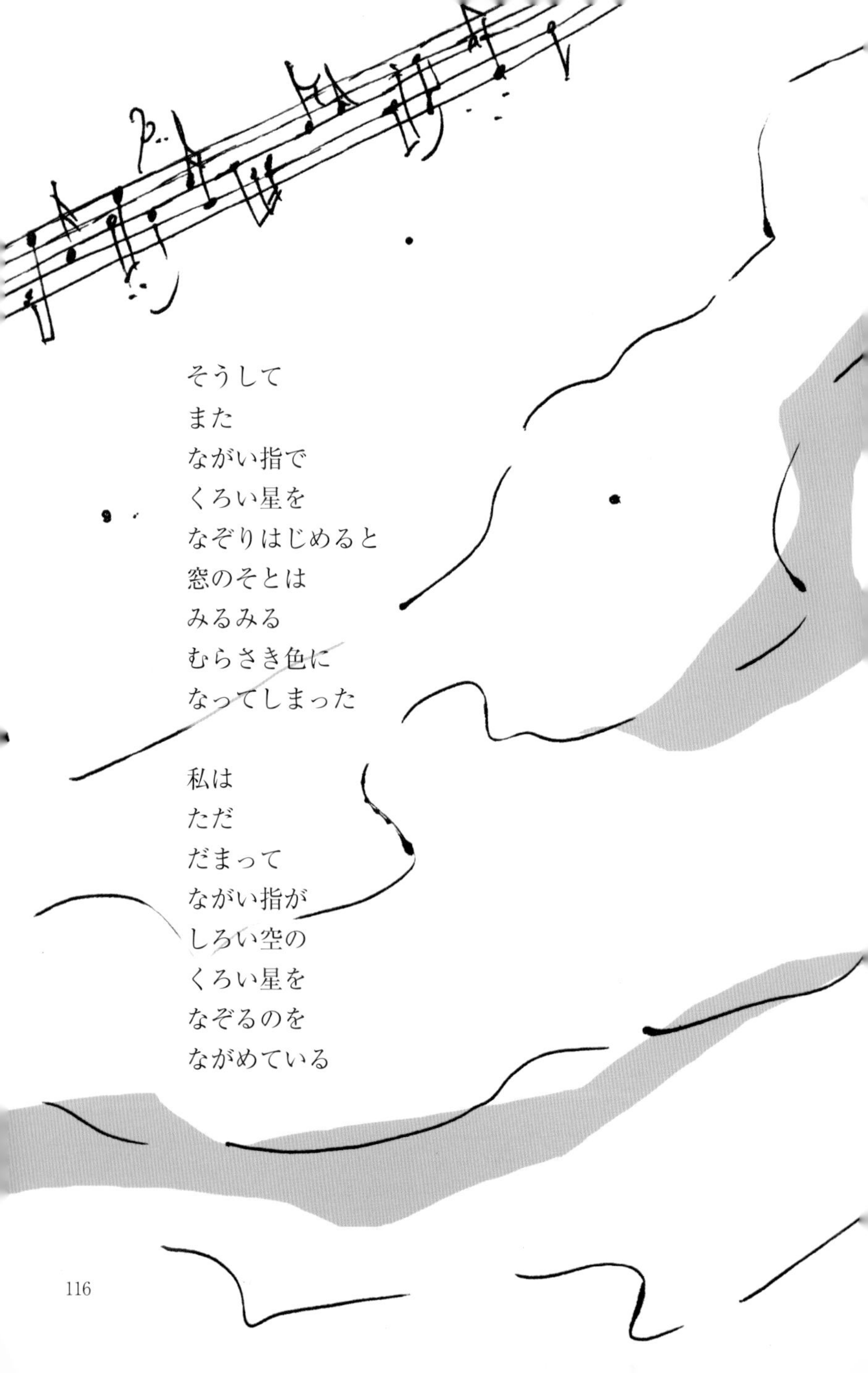

そうして
また
ながい指で
くろい星を
なぞりはじめると
窓のそとは
みるみる
むらさき色に
なってしまった

私は
ただ
だまって
ながい指が
しろい空の
くろい星を
なぞるのを
ながめている

ひもで
かたく
しばられた
ピアノのペダル

おおむかしの
壺のぼ
そこの
くらやみが
まぶしくて
めを
とじると
山高帽の男の人は
すこし
ほほえんで

“もうすぐ　ヨットは　出帆です”

あくびの
でるほど
みじかい
船旅

ヴェルヴェットの
あかい帆は
風に
すべり
しろい空

“音は　　音の　　ままに
　言葉は　言葉の　ままに”

とうめいな
声が
私を
つつむ

へさきに立った
山高帽の男の人が
黒くて
細い
雨傘を
ぐるぐる
ふりまわすと

わたしは
ふかい
ふかい
ねむりに
おちた

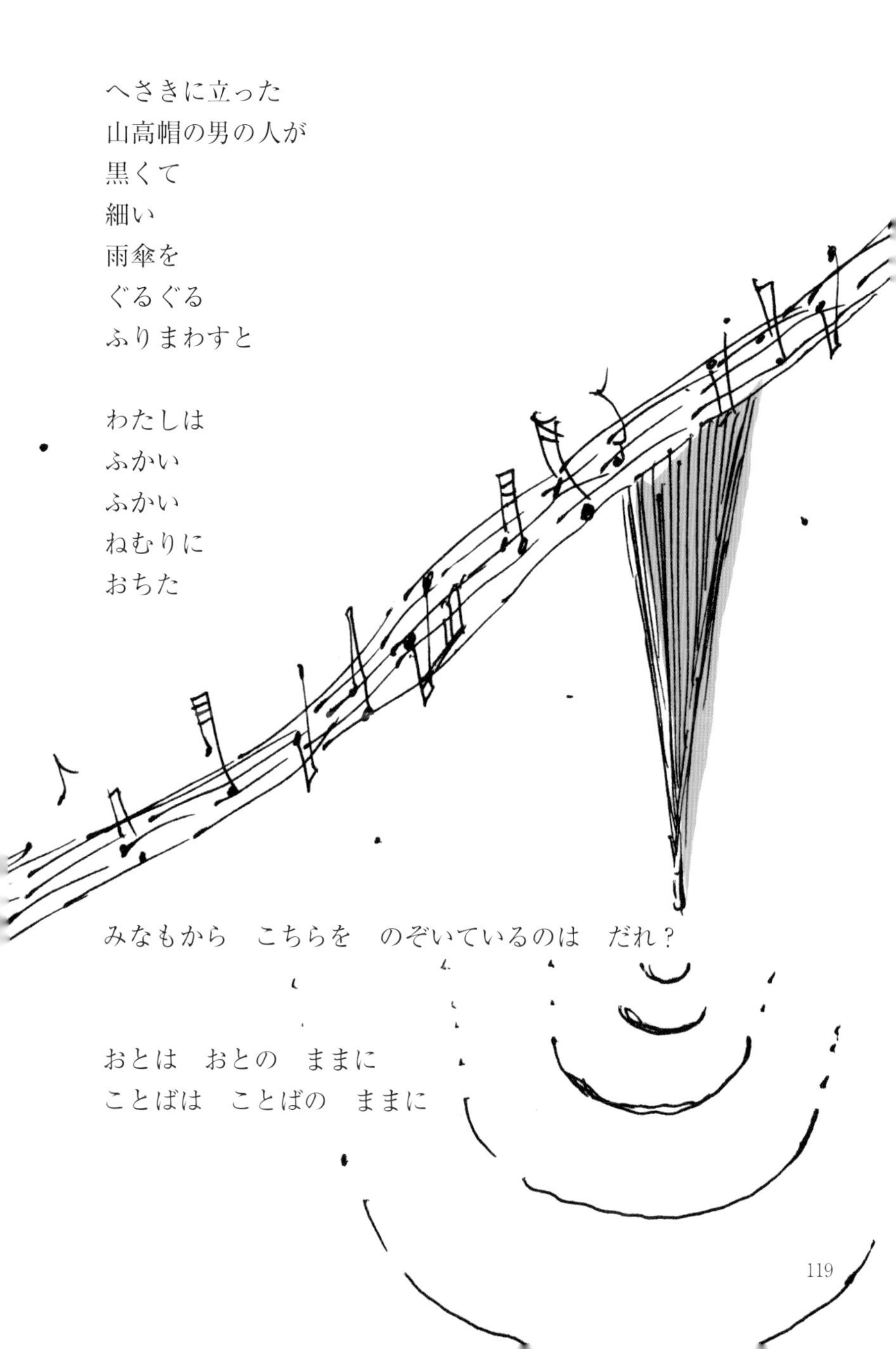

みなもから　こちらを　のぞいているのは　だれ？

おとは　おとの　ままに
ことばは　ことばの　ままに

Merci à vous

文　白鳥博康
1983年東京都生まれ。立正大学大学院文学研究科国文学専攻博士課程修了。フランス遊学をへて、創作活動にはいる。

絵　もとやままさこ
1982年神奈川県生まれ。武蔵野女子大学文学部日本語日本文学科卒業。児童書の挿絵などで活動。
http://kotkotri.moo.jp/

デザイン協力　山下直哉

「朝雲」の引用は新潮社版『川端康成全集』(37巻本)によった。

NDC726・913
神奈川　銀の鈴社　2015
120頁　18.8cm（夏の日）

銀鈴叢書　2015年12月1日発行
本体3,000円＋税

夏の日　*8 petits poèmes*

著　者　文・白鳥博康©　絵・もとやままさこ©
発行者　柴崎聡・西野真由美
編集発行　㈱銀の鈴社　TEL 0467-61-1930　FAX 0467-61-1931
〒248-0005　神奈川県鎌倉市雪ノ下3-8-33
http://www.ginsuzu.com
E-mail info@ginsuzu.com

ISBN978-4-87786-596-2 C0093
落丁・乱丁本はお取り替え致します
印刷　電算印刷
製本　渋谷文泉閣